Edgar Allan Poe
Der Rabe

SEVERUS

Poe, Allan Edgar: Der Rabe
Hamburg, SEVERUS Verlag 2014

ISBN: 978-3-86347-677-9
Druck: SEVERUS Verlag, Hamburg, 2014
Illustration: Marta Monika Czerwinski

Der SEVERUS Verlag ist ein Imprint der Diplomica Verlag
GmbH

**Bibliografische Information der Deutschen Nationalbi-
bliothek:**
Die Deutsche Nationalbibliothek verzeichnet diese
Publikation in der Deutschen Nationalbibliografie;
detaillierte bibliografische Daten sind im Internet über
http://dnb.d-nb.de abrufbar.

Der Rabe.

Der Rabe.

Der Rabe.

DER RABE.

DER RABE.

Der Rabe.

Der Rabe.

Der Rabe.

von Edgar Allan Poe

Übersetzung von Elise von Hohenhausen,
geb. von Ochs.

Traurig saß ich, überwacht, einsam noch um

itternacht,

Unter alten Folianten, von ver gang'nen Zeiten schwer,

Und ich, fast entschlafen, nickte, da ich hörte, wie es pickte,

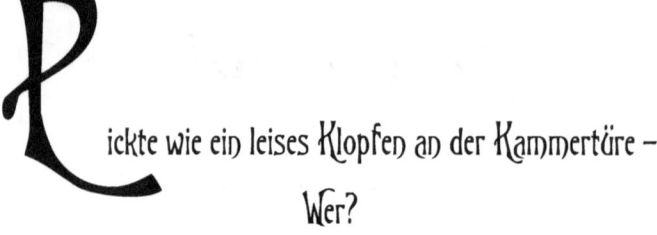ickte wie ein leises Klopfen an der Kammertüre –
Wer?

Kömmt besuchend, sprach ich leise, noch in später Nacht

daher?

Ein Besuch ist's und nichts mehr.

Ja, ich weiß genau es noch, war es im

D

ezember doch,

Feuerschein strömt auf den Boden aus des Ofens Kohlentor,
Und ich dachte, wär's doch Morgen, und vergebens wollt' ich
borgen

Von den Büchern and'res Denken, als an das,

was ich
verlor

An das Engelskind im Himmel, einstens meine

Leonor'

Ach, ich blieb doch wie zuvor.

Meiner Fenster Purpurkleid rauschte in der

Dunkelheit,

Mich erfüllend, mir enthüllend unbekanntes Geisterdräu'n.

Meinen Herzschlag zu bezähmen, sagt ich mir:

Du sollst Dich schämen,

Was soll dieses Geister grauen? Muß es ein Besuch doch

sein,

Der noch spät Einlaß begehret, fasse Dich und ruf: Herein!

Kann es doch nichts

And'res

sein.

Meine Seele wurde stark, und ich fühlte Herz und Mark,

Faßte mich und sagte:

Sir
oder Missis
oder Miß

!

O, vergebt, daß ich nicht hörte, als Eu'r Klopfen mich

begehrte,

Denn ich nickte eingeschlafen. Ja, so war es ganz gewiß,

Und mit ungestümem Drange ich weit auf die

Kammer riß

Und sah nichts als

Finsterniß.

Da nun starrt' ich stumm hinein, schaudernd, fürchtend

und allein,

Träumte, wie noch niemals, wachend, wie ich nimmer

mir getraut,

Doch es blieb das dunkle Schweigen,

hatte keinen

Geister zeugen,

Als die Seele, als des Herzens allertiefsten Klagelaut,

Den dem

E cho ich so oft schon, wie auch jetzt, einsam vertraut,

Leonore meine
Braut!

Ich ging wiederum hinein,

meine Seele Glut und Pein,

Und ich hörte wieder klopfen, stärker, lauter

als vorher:

Das ist an des

Fensters Gittern,

und ich sollte davor zittern?

Ich will öffnen, will es wissen, was da rasselt

ahnungsschwer.

Bebe, meine bange Seele, bebe nicht, mein Herz, so sehr,

Ach, der **Wind** ist's

und nichts mehr

Und als ich das Fenster schloß, flog ein Rabe,
schwarz und groß.

Wie aus einer heiligen, längst verklung'nen Sagenzeit,

Nicht auf meine Stimme hörend und von mir

auch nichts begehrend,

Flatternd hin und her vor mir durch der Kammer Dunkelheit,

Setzt sich auf

Minervens Büste

über meine Türe breit,

Sitzt da wie in stillem

Leid.

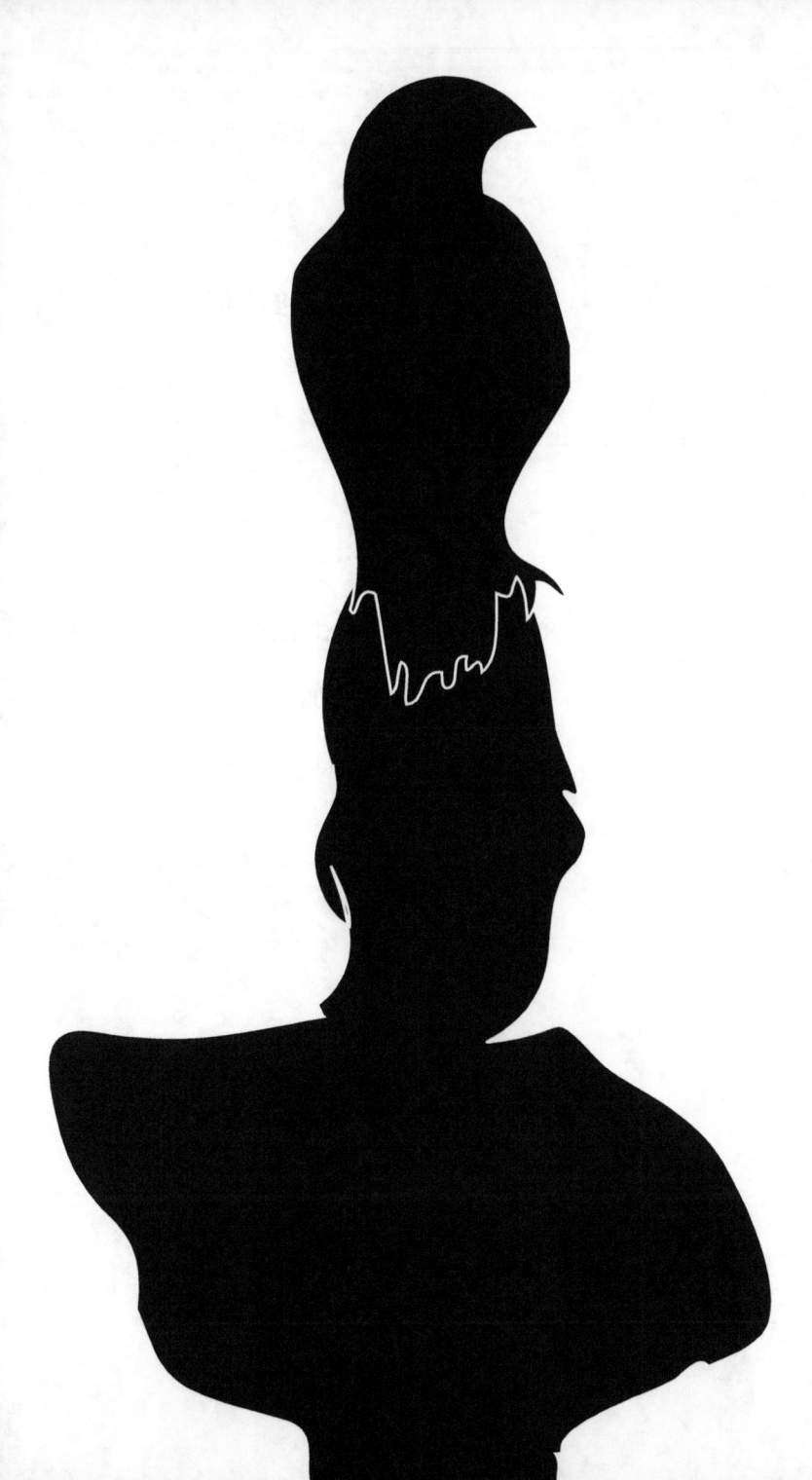

Furcht und Grau'n verging in mir,

sah ich ihn auf meiner

T
ür

So verhüllt in tiefes Schweigen,

so gespenstisch stumm

und hehr.

Ist Dein Haupt Dir auch geschoren, bist als Krähe nicht geboren,

Sprach ich.

Sage dunkler **V**ogel, kamst Du aus dem Lethe her? Und was ist Dein Name dorten in der Geister Nebelmeer?

Und er sagte:

Nimmermehr.

39

Wie ich staunte, daß er sprach, sagte seine Töne nach,

Dachte: Hat ein menschlich Wesen außer mir

wohl das geseh'n,

Daß nach einer Weisheitbüste einem Vogel so

gelüste.

Und daß dieser Nimmermehr nun nicht will von dannen geh'n,

Kann ich ihn doch nicht bewegen,

von der Stelle abzusteh'n;

Dieses ist wohl

D i e

gescheh'n.

Und der Rabe blieb und war auf der Büste immerdar,

Sprach das einz'ge Wort noch aus
mit der ganzen Seele Macht:
Nimmermehr! Da saß er schweigend, und ich fragte zu ihm

neigend!

Willst Du jetzt nicht von mir lassen?

Du entfliehst doch

über Nacht,

Wie die Freunde, wie die

Hoffnung,

die einst hat bei mir

gewacht.

Nimmermehr!

darauf er sagt.

49

Wie das eine laute Wort scheuchte tiefe Stille fort,

Er vielleicht nur Solches spricht, wie es ihm sein Herr gelehrt,

Der auch einsam war und leidend und von

aller Freude scheidend,

Bis sein Herz und auch sein

Leben von dem Unglück ward zerstört

Und des herben Schmerzes Fülle bald auch seinen Sang

beschwert,

Nimmermehr

das Glück begehrt.

Meiner Seele Dunkelheit klärte sich zu Heiterkeit,

Und ich nahm ein

Polsterkissen, legte vor die Tür es hin,

Ließ mich auf den Sammet nieder in Gedanken für und wider,

Was will dieser dunkle Vogel aus der Zeiten Anbeginn?

Was ist des gekrächzten Wortes dunkler, unheilvoller

Sinn,

Denn ein Sinn liegt doch darin.

Und so trieb ich still und bang, forschenden Gedankengang,

Während seine

Feueraugen brannten Wehe in mein Herz,

Meine Lampe, rot entflammet,

färbte meiner Polster Sammet

Blutig rot, wie einst, als sie legte d'rauf ihr Haupt voll Schmerz,

Und dann schlummerte sie leise, und dann ging sie himmelwärts.

Ach, es war ver gang'nen März.

Plötzlich fühlt' ich heit're Luft, mich umwallte
Weihrauchduft,

Engeltritte hört' ich schweben in dem Zimmer
allgemach;

59

Bist Du wohl ein Gottgesandter, kamst vom

immel,

Unbekannter?

Fragt' ich, willst Du Lethe bringen?

O behalt sie,

denn ich mag Nicht vergessen,

nur verschmerzen, diesen herben

Schicksalsschlag.

Nimmermehr!

der Rabe sprach.

63

Sandte der Versucher Dich, Dämon Vogel, sprach nun ich,

Bist ein Teufel Du vielleicht und gewißlich ein Prophet?

Kamst Du aus des Kummers Lande, schwebst an
einem Zauberbande?

Gibt's Balsam in Gilead und erringt ihn das Gebet?

Kann ich glauben, daß Lenore einst mir
wiederaufersteht?

Nimmermehr!

der Rabe kräht.

Du Prophet, Du böser Geist, bei dem Gott, der es verheißt,

Bei der Sonne heil'gem Licht, das so Dir wie mir bald tagt,

Sage, wird in Edens Auen einst

mein Aug' den

Engel schauen.

71

Um den meine bange **S**eele immerfort auf Erden
klagt?

Gib mir Antwort, weil ich habe,

kühn zu fragen

Dich gewagt.

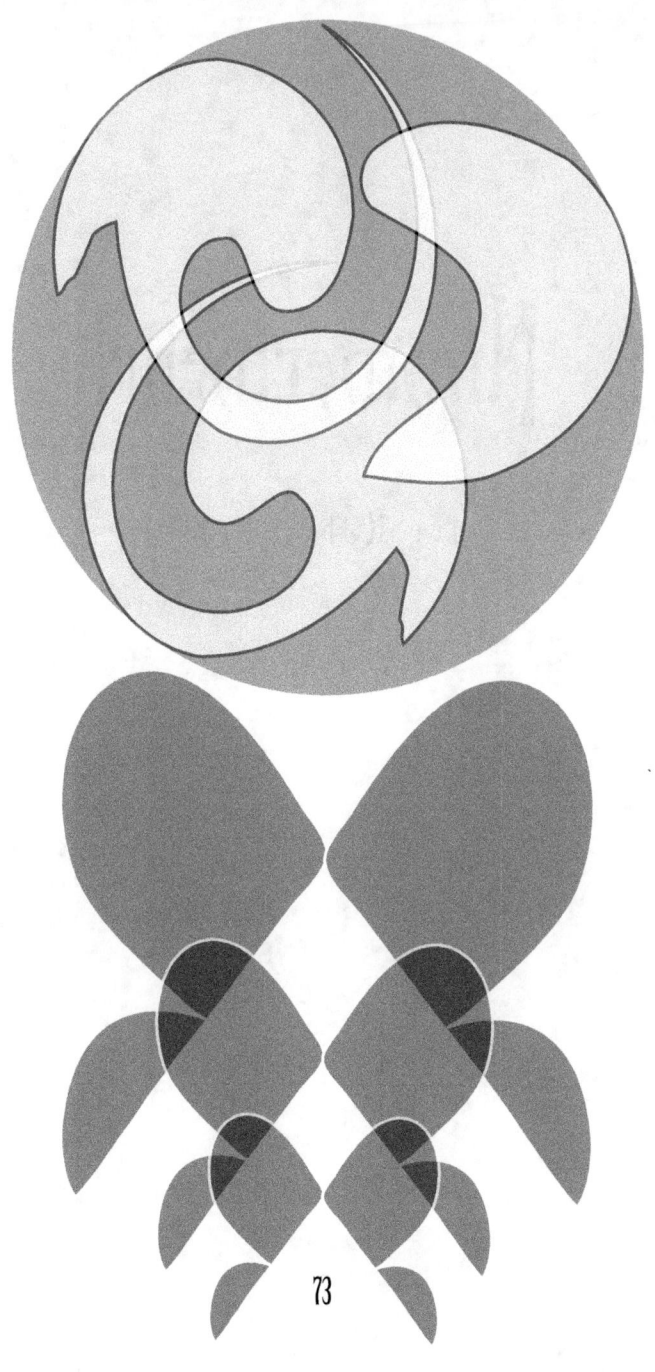

73

Nimmermehr!

der Rabe sagt.

75

Satan! Hebe Dich von mir,

Vogeldämon,
Lügentier,

Fort in Sturm und Nacht hinaus,

lass' mir meine Einsamkeit,

Lasse von der Weisheitbüste,

daß nicht länger dort

sich brüste

77

Solch' ein Dämon, der gekommen aus der

ölle Dunkelheit

Und schlug seine scharfe Kralle tief in meines

Herzens Leid.

Nimmermehr!

der Rabe schreit.

Wie so zürnend auch mein Wort, doch der Rabe

ging nicht fort,

Sitzt da immer still und stumm auf der Büste kaltem Stein,

Und im Auge glühen Teufel

mit der Hölle Furcht und

Zweifel.

Ach! sein Schatten ragt so düster in der

Lampe Purpurschein,

Meine Seele wird, ich fürchte, sich von

dieses Schattens Dräu'n

Nimmer mehr

wohl ganz befrei'n.